LES QUATRAINS

DE GABRIAS

TRADUITS EN FRANÇAIS

AVEC LE TEXTE GREC, UNE NOTICE ET DES NOTES

PAR TH. LAPRADE

Professeur du lycée de Poitiers

PARIS

LIBRAIRIE DE L. HACHETTE ET Cie

RUE PIERRE-SARRAZIN, N° 14

PRÈS DE LA SORBONNE

LES QUATRAINS

DE GABRIAS

Imprimerie de Ch. Lahure (ancienne maison Crapelet)
rue de Vaugirard, 9, près de l'Odéon

LES QUATRAINS

DE GABRIAS

TRADUITS EN FRANÇAIS

AVEC LE TEXTE GREC, UNE NOTICE ET DES NOTES

PAR TH. LAPRADE

Proviseur du lycée de Poitiers

PARIS

LIBRAIRIE DE L. HACHETTE ET Cⁱᵉ

RUE PIERRE-SARRAZIN, Nº 14

(Près de l'École de Médecine)

1853

NOTICE SUR LES QUATRAINS DE GABRIAS.

La confusion que font habituellement naître dans l'esprit des élèves les noms de Babrias, de Babrius et de Gabrias, m'engage à donner quelques détails propres à éclairer leurs doutes à cet égard.

Le nom de Babrias, sauf une légère altération dans la désinence, est le même que celui de Babrius, plus généralement accepté ; c'est ce que prouvent plusieurs inscriptions latines et les citations faites par le poëte Rufus Festus Avienus. Grec de naissance, et non pas Romain, ainsi qu'on l'avait longtemps supposé, Babrius a écrit avec une élégance qui le rend au moins égal, sinon supérieur à Phèdre, et qui ne permet à aucun autre fabuliste de l'antiquité de lui être comparé. Sa collection fut tellement recherchée qu'elle fit tomber dans l'oubli toutes celles qui l'avaient précédée. Elle devint, à Rome, d'un usage universel, et l'empereur Julien [1], qui, au iv° siècle, ranima l'amour des lettres, en faisait lui-même ses délices [2].

Elle méritait bien ce succès, comme on peut en juger par les fragments que nous a conservés Suidas, et mieux encore par le résultat de la récente découverte de M. Minoïde-Mynas, qui, en 1843, exhuma du couvent de Sainte-Laure, au mont Athos [3], la plus grande partie d'un recueil des fables de Babrius, qu'on croyait à jamais perdues.

1. Julien, *Lettre à Denis*, chap. LIX, p. 444.
2. L'empereur Julien était frugal et dormait peu. Il se levait ordinairement à minuit et passait son temps, jusqu'à la pointe du jour, à lire et à écrire. Il sortait alors de sa tente et allait visiter les avant-postes de son camp. Il préférait l'étude aux amusements bruyants. Il se distingua autant par ses écrits que par ses talents militaires. Il composa *le Misopogon*, *l'Histoire des Gaules*, deux Lettres aux Athéniens, et soixante-quatre Épîtres qui sont parvenues jusqu'à nous. Le plus célèbre de ses ouvrages est celui qu'il composa sur les Césars.
3. Athos (en grec ἅγιον ὄρος, en italien *Monte Santo*), haute montagne de Grèce, dans la presqu'île la plus orientale de l'ancienne Chalcidique, au sud du golfe de Contessa, sur les côtes de la Macédoine. Cette montagne, dont on aperçoit le sommet de vingt-cinq lieues en mer, est habitée par un grand nombre de caloyers ou moines grecs ; ces moines occupent trente couvents, qui forment des espèces de forts.

On se hâta de rendre à la lumière ce trésor resté si long-temps enfoui, et c'est à M. Boissonade, savant professeur du collége de France, que fut confié, en 1844, le soin de publier l'édition *Princeps* de ces fables, d'après la copie faite sur le manuscrit original lui-même. La traduction latine qu'il en a donnée est un chef-d'œuvre d'élégance et de fidélité. Les mêmes fables étaient, à peu près en même temps, traduites par le célèbre helléniste et philologue M. Th. Fix, qui en a fait paraître une excellente édition. Nous bornerons là nos détails sur Babrius.

L'opinion assez généralement accréditée que les fables d'Ignatius Magister, faussement attribuées à Gabrias, ne sont que l'abrégé de celles de Babrius, est le motif qui m'a naturellement amené à parler de ce poëte. Quelques critiques accordent à l'auteur de ces apologues le mérite de l'invention, en ne niant pas, toutefois, l'inspiration qu'il a puisée dans les collections dites d'Ésope. Leur façon de penser à cet égard paraît d'autant plus fondée, qu'il est facile de reconnaître, par un simple rapprochement, combien peu il existe de rapports entre ces deux auteurs.

Ainsi Ignatius est bien l'auteur des fables qui ont paru sous son nom : libre à chacun, du reste, d'en penser ce qu'il voudra ; mais ce qu'il y a d'incontestable, c'est qu'il les a lui-même versifiées ; et, bien que je ne veuille pas établir ici de comparaison entre des esprits d'un ordre si différent et qui ne peuvent nullement être mis en parallèle, je dirai cependant que La Motte [1] a eu constamment le mérite de l'invention dans les cent fables qu'il nous a laissées ; est-il pour cela supérieur à La Fontaine, qui ne l'eut pas toujours ?

En admettant même l'hypothèse la moins favorable à Ignatius, c'est-à-dire que son ouvrage n'est qu'un extrait des œuvres de Babrius, il serait cependant difficile de contester son

---

1. La Fontaine ne s'est pas toujours mis en peine d'inventer les sujets ; La Motte, qui avait à lutter contre un rival si dangereux, voulut s'assurer d'abord du mérite de l'invention : le fond est à lui aussi bien que la forme. Il s'engagea à faire cent fables, et tint parole ; mais si, malgré cela, il est resté au-dessous de l'incomparable La Fontaine, c'est que la nature ne se copie pas dans ses productions et qu'elle n'enfante pas d'ailleurs tous les jours des hommes de génie.

utilité, soit pour développer l'intelligence, soit pour former le goût des enfants, en leur rendant plus sensible, par la comparaison qu'ils en pourront faire avec l'original, l'excellence de la source à laquelle il a été puisé. Sa brièveté même aura, nous l'espérons, l'avantage de leur ménager, sans les fatiguer, quelques distractions tout à la fois instructives et agréables.

Disons maintenant quelques mots de l'auteur. Ignatius, nommé Magister, *scévophylax*[1], ou gardien des vases sacrés de l'église de Constantinople, fut aussi un grammairien qui, au IXe siècle, parvint du diaconat et de la sacristie de Sainte-Sophie[2] au siége épiscopal de Nicée et au patriarcat de Constantinople. Il composa des élégies, des lettres, des ïambes contre un certain Thomas, surnommé Antartès[3] ou le rebelle, et d'autres ouvrages qui se sont perdus. Nous possédons encore de lui la Vie de saint Tarasius[4], dont il fut disciple, et celle de saint Nicéphore[5], son successeur. Il écrivit aussi, comme nous l'avons vu, des fables dans le genre de celles d'Ésope et de Babrius, et c'est ce petit ouvrage qui est aujourd'hui l'objet de notre publication.

Quoi qu'il en soit, poëte ou versificateur, il réduisit chacune de ses fables à quatre vers ïambiques, ce qui forme autant de tétrastiques ou quatrains. Ce recueil était primitivement com-

1. Scévophylax, en grec σκευοφύλαξ, gardien des meubles (σκεῦος, meuble, vase, instrument, ustensile ; φύλαξ, gardien).

2. Sainte-Sophie, ancienne église convertie en magnifique mosquée d'un revenu très-considérable. On compte à Constantinople trois cents mosquées et vingt-deux églises, qui ne sont distinguées du reste des maisons par aucun signe extérieur.

3. Antartès est le mot grec ἀντάρτης, insurgé, rebelle.

4. Tarasius ou Taraise, patriarche de Constantinople, était né dans cette ville, au milieu du VIIIe siècle, de parents patriciens ; il mourut en 806, le 25 février, jour où l'Église honore sa mémoire d'un culte particulier ; ses restes furent déposés dans un monastère qu'il avait fondé sur les rives du Bosphore. Nous avons le discours adressé par Taraise à l'impératrice Irène pour se défendre d'accepter les fonctions de patriarche, ainsi que ses lettres au pape Adrien et aux évêques, dans le recueil des conciles du père Labbe, tome VII, p. 34 et suivantes.

5. Nicéphore, patriarche de Constantinople, né en cette ville vers l'an 750, était fils de Théodore, secrétaire de l'empereur Constantin Copronyme. La renommée de ses talents se répandit au loin ; il se fit remarquer par son éloquence au septième concile, et sut toujours allier l'amour des lettres à celui des vertus chrétiennes. Il finit par se retirer au monastère de Saint-Théodore qu'il avait fondé ; il y mourut en 828, le 2 juin, jour où les Grecs célèbrent sa fête. Il a laissé plusieurs ouvrages.

posé de cinquante-quatre fables, mais quarante-trois seulement ont été publiées par Alde [1] ; encore la dernière appartient-elle à Babrius. Ce sont ces quarante-deux apologues que nous faisons paraître ; ils nous sont parvenus sous le nom d'Ignatius et sous celui de Gabrias. Ce dernier nom n'est que celui de Babrius, altéré par quelque copiste, et c'est de cette confusion qu'est né ce pseudo-Gabrias qui a été si souvent le sujet de tant de contestations, de doutes et d'erreurs.

C'est contre lui, et non contre Babrius, ainsi qu'ont paru le croire Laharpe et Champfort [2], que La Fontaine a lancé ce trait de satire :

> Mais surtout certain Grec renchérit, et se pique
>   D'une élégance *laconique ;*
> Il renferme toujours son conte en quatre vers,
> Bien ou mal, je le laisse à juger aux experts [3].

L'erreur des deux grands critiques, et on peut aussi dire de La Fontaine, vient de ce qu'à l'époque où l'on commença à imprimer les auteurs grecs, le véritable recueil de Babrius n'existait plus, ou du moins avait disparu ; mais on croyait le posséder dans celui d'Ignatius, et on le publia sous le nom de Babrius ou plutôt de Gabrias, en confondant le B des manuscrits avec un Γ. On ne découvrit la vérité que vers la fin du xvie siècle ; encore ne fut-elle pas, comme on vient de le voir, connue de tout le monde.

En résumé, les noms de Babrias et de Gabrias se confondent dans celui de Babrius, dont ils ne sont qu'une altération, et ne désignent qu'un seul et même auteur, plus généralement et plus justement connu de nos jours sous le nom de Babrius. Enfin l'œuvre attribuée à Gabrias, qui n'est qu'un être imaginaire, doit être restituée à Ignatius, son véritable auteur.

---

1. Alde, le plus célèbre imprimeur de Venise, mourut en 1515, en laissant après lui, grâce à son érudition et à ses travaux, un nom impérissable dans les lettres. Les éditions aldines se distinguent par tout ce qu'il y a de plus remarquable dans l'art de la typographie.

2 Champfort, littérateur et poète français du xviiie siècle. Il a composé plusieurs pièces de théâtre : la tragédie de *Mustapha*, les comédies du *Marchand de Smyrne* et de *la Jeune Indienne*, etc.

3.   Μάλιστα κάποιος Γραικὸς, ὑπὲρ τοὺς ἄλλους θέλων
Τοὺς μύθους μὲ κομψότητα Λακωνικὴν νὰ γράψῃ.
Εἰς στίχους μόνους τέσσαρας καθένα περιγράφει·
Καλὰ, κακὰ, εἰς τοὺς σοφοὺς νὰ κρίνωσί τ' ἀφίνω.

Ces fables furent imprimées pour la première fois à la suite de l'Ésope d'Alde, Venise, 1505, in-folio, sous le nom de Gabrias. Cette édition renferme quarante-deux apologues qui appartiennent à Ignatius, et un seul de Babrius, l'Hirondelle et le Rossignol.

Elles parurent ensuite sous le vrai nom de leur auteur dans l'édition de Phèdre donnée par Rittershusius, Leyde, 1598, in-8°.

Elles se trouvent encore, en partie sous le nom de Babrius, et en partie sous celui de Gabrias, dans la collection de Névelet, 1610, in-8°.

J. Fidler en donna une édition sous le titre de : *Gabriæ seu potius Ignatii diaconi tetrasticha in fabulas Æsopicas*, 1668, in-12.

Ch. Gilbert fit imprimer ces apologues sous le même titre, à Dresde, 1689, in-4°.

Enfin, Coray[1] les inséra dans sa belle édition des Fables d'Ésope. Éberhart, Paris, 1810, 1 vol. in-8°[2].

Il n'en a pas paru, que nous sachions, d'autre édition depuis cette époque, et il n'en a jamais été publié de traduction française.

Malgré ses imperfections, ce recueil n'est pas sans mérite; il a du moins été jugé tel par un homme d'un goût parfait et d'une érudition profonde, qui a bien voulu m'aider de ses lumières et qui n'hésiterait pas à le faire expliquer dans les classes, concurremment avec Ésope[3]. On peut dire encore à sa louange qu'il n'a pas été sans utilité, puisque, à défaut de Babrius, dont il ne restait plus que des fragments, il a fourni au premier de nos fabulistes français des sujets pour quelques-unes de ses fables les plus délicieuses. Nous conviendrons, si

---

1. Coray fut un des plus célèbres hellénistes de notre siècle, et le plus grand philosophe de la Grèce moderne. Il naquit à Smyrne, le 27 avril 1748, et mourut à Paris, le 6 avril 1833, à l'âge de quatre-vingt cinq ans.

2. Ce volume comprend la collection la plus complète qui existe des fables grecques de tout âge qui nous sont parvenues sous le nom d'Ésope. Une préface extrêmement savante donne l'histoire de ces fables, et en général de l'apologue chez les Grecs. Il fut imprimé aux frais des frères Zosima.

3. M. Th. Fix.

l'on veut, avec tout le monde, que l'ingénieux La Fontaine, alors qu'il puisait à des sources aussi riches que variées, aurait bien pu se passer d'un tel secours. Puisqu'il ne l'a pas dédaigné, que ce soit pour Ignatius un titre à notre indulgence et une sorte d'excuse d'avoir, comme on le dit, contribué à nous priver si longtemps de Babrius.

ΓΑΒΡΙΟΥ ΕΛΛΗΝΟΣ

Η

ΙΓΝΑΤΙΟΥ ΔΙΑΚΟΝΟΥ

ΤΕΤΡΑΣΤΙΧΑ.

ΤΕΤΡΑΣΤΙΧΟΝ Α'. 1.

ΠΕΡΙ ΑΝΘΡΩΠΟΥ ΚΑΙ ΛΙΘΙΝΟΥ ΛΕΟΝΤΟΣ.

Ἀνδρὸς ποσὶ πατεῖτο πέτρινος Λέων,
Καί τις Λέοντί φησι· Τὴν ἰσχὺν βλέπεις;
— Ἀλλ' εἰ λέοντες, εἶπεν, ᾔδεσαν[1] γλύφειν,
Πολλοὺς ἂν εἶδες ὄντας ἀνθρώπους λίθους[2].

Ἐπιμύθιον.

Ὅτι[3] ἐπ' ἀρετῇ οὐ δεῖ σεμνύνεσθαι.

Ésope, 223, 169. — Phèdre, *Appendice*, 25. — Romulus[4], IV, xvii.
— La Fontaine., III, x.

1. Ἤδεσαν pour ᾔδεισαν, 3ᵉ pers. plur. de ᾔδειν, imparf. de οἶδα.
2. Ὄντας λίθους, qui seraient des pierres, c'est-à-dire auraient le dessous, comme le lion que voici.
3. Ὅτι. Abréviation de la formule bien connue qui se lit au bas de presque toutes les fables d'Ésope : Ὁ μῦθος δηλοῖ ἔτι, cette fable montre ou enseigne que.
4. Romulus, fabuliste, auteur de quatre-vingts fables en prose latine.

ΤΕΤΡΑΣΤΙΧΟΝ Β'. 2.

ΠΕΡΙ ΛΕΟΝΤΟΣ ΚΟΙΜΩΜΕΝΟΥ ΚΑΙ ΜΥΟΣ.

Λέοντος ὑπνώττοντος, αὐχένος μέσον

Διέδραμεν Μῦς· ὃς δ' ἀνέστη συντόμως.
Γέλα[1] δ' Ἀλώπηξ, καὶ Λέων ἀπεκρίθη·
Οὐ μὲν πτοοῦμαι, τὴν ὁδὸν δ' ἀνατρέχω[2].

Ἐπιμύθιον.

Ὅτι οὐ δεῖ καὶ μικρὰν περιφρόνησιν[3] ἀποστρέφεσθαι[4].

Ésope, 218.

1. Γέλα est la troisième personne de l'imparfait de γελάω. La forme régulière serait ἐγέλα, mais les poëtes se permettent quelquefois de supprimer l'augment des verbes.
2. Ἀνατρέχω, je corrige, je redresse. Dans sa fable, Ésope a dit : Ἀλλὰ τὴν κακὴν ὁδὸν καὶ συνήθειαν

ἀνατρέχω, je corrige sa mauvaise voie et sa familiarité.
3. Περιφρόνησιν, dédain, marque de mépris.
4. Ἀποστρέφεσθαι, se détourner de, c'est-à-dire ne pas remarquer, négliger, dédaigner, se montrer indifférent à.

ΤΕΤΡΑΣΤΙΧΟΝ Γʹ. 3.

ΠΕΡΙ ΛΕΟΝΤΟΣ ΚΑΙ ΚΑΠΡΟΥ ΚΑΙ ΓΥΠΩΝ.

Λέων μάχην ἔστησε πρὸς Κάπρῳ ποτέ[1],
Γύπες δ' ἄνωθεν ἐσκόπευον τὴν ἔριν,
Βρῶσιν τὸν ἡττηθέντα ποιῆσαι[2] τάχα.
Φίλους δ' ὁρῶντες[3], ἠστόχουν τῶν ἐλπίδων[4].

Ἐπιμύθιον.

Ὅτι οὐ δεῖ ἀλλοτρίοις κακοῖς ἐπιχαίρειν.

Ésope, 223.

1. Construisez : Λέων ποτὲ ἔστησε μάχην πρὸς Κάπρῳ.
2. Βρῶσιν τὸν ἡττηθέντα ποιῆσαι, pour faire leur nourriture du vaincu, c'est-à-dire comptant dévorer le vaincu.

3. Φίλους ὁρῶντες, les voyant amis, réconciliés.
4. Ἠστόχουν τῶν ἐλπίδων, ils furent déçus dans leurs espérances. Ἀστοχέω signifie littéralement : ne pas atteindre le but.

ΤΕΤΡΑΣΤΙΧΟΝ Δ΄. 4.

ΠΕΡΙ ΔΟΡΚΑΔΟΣ ΚΑΙ ΛΕΟΝΤΟΣ ΘΥΜΩΘΕΝΤΟΣ.

Λέοντα Δορκὰς ὡς ἴδεν μεμηνότα[1]·
Ὦ μοῖρα θηρῶν, εἶπεν, ἀθλιωτάτη!
Εἰ, σωφρονῶν γε[2], δυσκάθεκτος εἶ, Λέων,
Πῶς νῦν μανεὶς οὐ μεστὰ δακρύων δράσεις[3];

'Επιμύθιον.

Ότι ἐξουσίαν ἔχοντα οὐ δεῖ θυμοῦσθαι.

ÉSOPE, 348.

1. Μεμηνότα. Participe du parfait de μαίνομαι.	calme, alors même que tu es calme.
2. Σωφρονῶν γε, étant même	3. Horace, Épîtres, I, II, 44 : Quidquid delirant reges, plectuntur Achivi.

ΤΕΤΡΑΣΤΙΧΟΝ Ε΄. 5.

ΠΕΡΙ ΛΕΟΝΤΟΣ, ΟΝΟΥ ΚΑΙ ΑΛΩΠΕΚΟΣ

Λέων, Ὄνος Κερδώ τε πρὸς θήραν ἴον·
Ὄνου δὲ ταύτην εἰς τρίτον δεδασμένου,
Λέων κατεσπάραξε. Κερδὼ δὲ πλέον·
Ἔνειμεν αὐτῷ, σωφρονισθεῖσ' ἐξ Ὄνου[1].

'Επιμύθιον.

Ότι δεῖ, ἐξ ὧν πάσχουσιν ἕτεροι, παιδεύεσθαι[2].

ÉSOPE, 38. — PHÈD., I, V. — ROM., I, VI. — LA FONT., I, VI.

1. Σωφρονισθεῖσ' ἐξ Ὄνου, rendu sage d'après l'Ane, par l'exemple de l'Ane.	2. Ἐξ ὧν πάσχουσιν ἕτεροι παιδεύεσθαι équivaut à παιδεύεσθαι ἐκ τούτων ἃ πάσχουσιν ἕτεροι.

ΤΕΤΡΑΣΤΙΧΟΝ ϛ'. 6.

ΠΕΡΙ ΟΝΟΥ ΒΑΣΤΑΖΟΝΤΟΣ ΕΙΔΩΛΟΝ.

Ὤμοις Ὄνος παρῆγεν ἀργυροῦν βρέτας,
Ὅπερ συναντῶν πᾶς τις αὖ ἐπροσκύνει [1].
Τύφῳ δ' ἐπαρθεὶς, μὴ θέλων μένειν [2] Ὄνος,
Ἤκουσεν · Οὐ Θεὸς σὺ, τὸν Θεὸν δ' ἄγεις.

Ἐπιμύθιον.

Ὅτι τοὺς ἐν ἀξιώμασι τιμωμένους δεῖ γινώσκειν ὅτι
ἄνθρωποί εἰσι.

ÉSOPE, 261, 135. — LA FONT., V, XIV.

1. Ἐπροσκύνει est mis ici pour προσεκύνει, qui est la forme ordinaire. L'augment est déplacé pour le besoin du vers.

2. Μένειν. L'âne ne voulait pas rester tranquille, il bondissait, tant il était fier de ces hommages qu'il croyait lui être adressés.

ΤΕΤΡΑΣΤΙΧΟΝ Ζ'. 7.

ΠΕΡΙ ΠΑΙΔΟΣ ΕΣΘΙΟΝΤΟΣ ΣΠΛΑΓΧΝΑ.

Βοὸς φαγὼν Παῖς εἰς ἑορτὴν ἔγκατα,
Οἴμοι! κέκληγ' [1], ὡς σπλάγχνα, μῆτερ, ἐκχέω.
Ἡ δ' αὖ γελῶσα · Μὴ φοβοῦ, τέκνον, ἔφη ·
Τῶν σῶν γὰρ οὐδὲν, ἀλλ' ἐμεῖς ἀλλοτρίων.

ÉSOPE, 262.

Ἐπιμύθιον.

Ὅτι δεῖ τἀλλότρια ἀντιστρέφειν [2], καὶ μὴ γογγύζειν.

1. Κέκληγε, C'est le parfait de κλάζω. Voici la leçon de Coray qui diffère essentiellement : Ἥμει, κε- κληγώς, vomissait en criant, etc.

2. Ἀντιστρέφειν, retourner, rendre, restituer.

ΤΕΤΡΑΣΤΙΧΟΝ Η′. 8.

ΠΕΡΙ ΑΛΩΠΕΚΟΣ ΚΑΙ ΒΑΤΟΥ.

Φραγμοὺς Ἀλώπηξ ὡς ὑπερβαίνειν θέλεν[1],
Ὀλισθανοῦσα, καὶ βάτου δεδραγμένη,
Ἔξεστο[2] πέλμα, λοιδόρει δὲ τὴν βάτον·
Μέμφου σεαυτὴν, μὴ ’μέ περ, κείνη φάτο.

Ἐπιμύθιον.

Πρὸς[3] τοὺς τὰ ἑαυτῶν κακὰ σιωπῶντας, τὰ δὲ τῶν
ἑτέρων κατηγοροῦντας.   ÉSOPE, 8.

---

1. Θέλεν, pour ἔθελεν.
2. Ἔξεστο est le plus-que-parfait passif de ξέω.

3. Πρός est mis par abréviation pour ὁ μῦθος προσήκει πρός, cette fable s’adresse ou s’applique à...

ΤΕΤΡΑΣΤΙΧΟΝ Θ′. 9.

ΠΕΡΙ ΚΩΝΩΠΟΣ ΚΑΙ ΤΑΥΡΟΥ.

Κώνωψ καθῆστο πρὸς κέρας Ταύρου πάλαι,
Ὅνπερ κέλευεν, εἴπερ ἐκπτῆναι θέλει[1].
Ἤκουσε[2] δ’, ὥσπερ οὐκ ἔγνω καθημένον,
Οὕτω δὲ μὴ πτήσαντος αἴσθησιν λάβῃ.

Ἐπιμύθιον.

Πρὸς τοὺς λογιζομένους ἑαυτοὺς εἶναι ἢ σοφοὺς, ἢ
δυνατοὺς, ἢ φρονίμους, μὴ ὄντας δέ.   ÉSOPE, 213.

---

1. Ὅνπερ. . θέλει, il l’invitait (à lui dire) s’il désirait qu’il s’envolât.
2. Ἤκουσε, il entendit (le Taureau lui répondre), c’est-à-dire le

Taureau lui répondit que... L’expression employée par Ésope est pleine de force : Εἰ βαρῶ σου τὸν τένοντα, ἀναχωρήσω.

1.

ΤΕΤΡΑΣΤΙΧΟΝ Ι'. 10.

ΠΕΡΙ ΕΛΑΦΟΥ ΚΑΙ ΑΜΠΕΛΟΥ.

Ἔλαφον ἐξήλαυνον[1] οἱ κυνηγέται,
Ἥτις δασείαις ἀμπέλοις ἀπεκρύβη[2] ·
Τὰ φύλλα βιβρώσκουσα δὴ τῶν ἀμπέλων,
Κυνηγετοῦσιν ἐνδίκως ἐθηράθη.

Ἐπιμύθιον.

Πρὸς τοὺς κακοποιοῦντας τοὺς αὑτῶν εὐεργέτας.

Ésope, 65. — Phèd., I, xii. — La Font., V, xv.

1. Ἐξήλαυνον. De ἐξελαύνω, chasser, poursuivre.

2. Ἀπεκρύβη. Aoriste passif de ἀποκρύπτω, cacher.

ΤΕΤΡΑΣΤΙΧΟΝ ΙΑ'. 11.

ΠΕΡΙ ΟΦΕΟΣ ΚΑΙ ΓΕΩΡΓΟΥ.

Ὄφιν θέλων τις ἀντ' ὀλέθρου παιδίου[1]
Πλήττειν, πέτραν[2] τ' ἔσχισε, καὶ φιλεῖν θέλεν[3].
Ὄφις δέ φησι· Πῶς γένοιντο συμβάσεις[4],
Ἕως σὺ τύμβον τόνδ', ἐγὼ πέτραν βλέπω;

Ἐπιμύθιον.

Ὅτι αἱ μεγάλαι ἔχθραι ἀδιάλλακτοί εἰσιν.

Ésope, 141.

1. Ἀντ' ὀλέθρου παιδίου, pour venger la mort de son enfant.

2. Πέτραν, la pierre (qu'il avait prise pour frapper le serpent).

3. Φιλεῖν θέλεν, était prêt à le traiter amicalement.

4. Συμβάσεις, des accommodements, une réconciliation.

ΤΕΤΡΑΣΤΙΧΟΝ ΙΒ΄. 12.

ΠΕΡΙ ΠΑΙΔΟΣ ΚΑΙ ΣΚΟΡΠΙΟΥ.

Ὡς ἀκρίδας θήρευε παῖς τις, Σκορπίῳ
Προύτεινε χεῖρας. Ὃς δέ · « Μὴ ψαύσῃς, ἔφη ·
Ὡς, εἴ γέ μου ψαύσειας, ἐκ κόλπων στένων ·
Καὶ τὰς ἀληθεῖς ἐκκενώσεις ἀκρίδας. »

’Επιμύθιον.

Ὅτι δεῖ κακοῖς ἀνθρώποις μὴ συμμίγνυσθαι.

ÉSOPE, 263. — ROM., IV, XIV.

ΤΕΤΡΑΣΤΙΧΟΝ ΙΓ΄. 13.

ΠΕΡΙ ΣΥΟΣ ΚΑΙ ΜΥΟΣ.

Σῦς εἷλκέ τις Μῦν ἔργον ὄντ’ ἀσιτίας[1] ·
Οὓς χαλκέες[2] βλέποντες ἔστησαν γέλων[3].
Ὁ Μῦς δ’ ἔτι ζῶν εἶπε μεστὸς δακρύων ·
Ὡς οὐδὲ σῦν δύνασθε κἂν τρέφειν ἕνα;

’Επιμύθιον.

Πρὸς τοὺς τὰ ἑαυτῶν παραπτώματα παραβλέποντας,
τὰ δὲ τῶν ἑτέρων γελῶντας.

ÉSOPE, 349.

1. Σῦς εἷλκέ τις Μῦν ἔργον ὄντ’ ἀσιτίας, un Porc traînait un Rat, résultat du manque de vivres., c’est-à-dire un Porc, pressé par la faim, s’était saisi d’un Rat.

2. Χαλκέες, pour χαλκεῖς, pluriel de χαλκεύς. Les poëtes ont la liberté de ne pas faire les contractions.

3. Ἔστησαν γέλων, élevèrent un rire, se mirent à rire. Γέλων est une forme attique pour γέλωτα accusatif de γέλως.

ΤΕΤΡΑΣΤΙΧΟΝ ΙΔ΄. 14.

ΠΕΡΙ ΟΝΟΥ ΚΑΙ ΛΕΟΝΤΗΣ.

Φέρων λέοντος δέρμα τοῖς ὤμοις Ὄνος
Ηὔχει λέων εἶναί τις, αἰπόλους βλέπων.
Ἐπεὶ δὲ γυμνὸς τῆς λεοντῆς εὑρέθη,
Τοῦτον μύλων ἔμνησε[1] τῆς ἀταξίας.

Ἐπιμύθιον.

Ὁ μῦθος δηλοῖ ὅτι αἱ παρ' ἀξίαν τιμαὶ[2] τάχιστα
λύονται.

ÉSOPE, 262. — LA FONT., V, XXI.

1. Ἔμνησε, de μιμνήσκω, avertir, faire souvenir : lui rappela, lui remit en mémoire.

2. Αἱ παρ' ἀξίαν τιμαί, les honneurs au delà du mérite, c'est-à-dire immérités, usurpés.

ΤΕΤΡΑΣΤΙΧΟΝ ΙΕ΄. 15.

ΠΕΡΙ ΤΡΑΓΟΥ ΚΑΙ ΑΜΠΕΛΟΥ.

Τράγῳ προσεῖπεν ἄμπελος · Βλάπτεις σύ με
Κείρων τὰ φύλλα · μὴ γὰρ οὐκ ἔστη χλόη[1];
Ὅσον γὰρ ἂν βλάψειας[2], εὑρήσω τάχα
Πρὸς θυσίαν σὴν εἰς θεοὺς οἶνον βλύσαι.

Ἐπιμύθιον.

Ὅτι πολλάκις θέλων τις ἀδικεῖν τινα, ὠφελεῖ αὐτόν.

ÉSOPE, 280.

1. Μὴ γὰρ οὐκ ἔστη χλόη, est-ce donc qu'il ne se trouve pas d'herbe ?

2. Ὅσον ἂν βλάψεις, autant que tu aies pu me nuire, c'est-à-dire quand bien même tu me nuirais autant que tu le peux, tu auras beau me nuire.

ΤΕΤΡΑΣΤΙΧΟΝ Ις′. 16.

ΠΕΡΙ ΑΝΔΡΟΣ ΚΑΙ ΓΑΛΗΣ ΓΥΝΑΙΚΟΣ[1].

Ἀνὴρ Γαλῆν γυναῖκα πρὸς δόμους ἄγε[2] ·
Παρῆν δὲ Κύπρις εἰς ἑορτὴν τοῦ γάμου.
Νύμφη δὲ, μῦν βλέψασα, συντόνῳ τάχει
Δίωκε τοῦτον, μὴ τραπεῖσα τὴν φύσιν[3].

Ἐπιμύθιον·

Ὅτι τὸ ἐκ φύσεως ὂν[4] οὐ μετατρέπεται.

ÉSOPE, 172, 48. — LA FONT., II, XVIII.

1. L'empereur Julien (lettre 29), cite cette fable comme étant de Babrius, et en rappelle le premier vers.
2. Ἄγε, pour ἦγε, de ἄγω.

3. Μὴ... φύσιν, car elle n'avait pas changé de naturel, d'instinct.
4. Τὸ ἐκ φύσεως ὄν, ce qui vient de la nature, le naturel.

ΤΕΤΡΑΣΤΙΧΟΝ ΙΖ′. 17.

ΠΕΡΙ ΔΟΡΚΑΔΟΣ ΤΗΝ ΤΩΝ ΠΟΔΩΝ ΛΕΠΤΟΤΗΤΑ ΜΕΜΦΟΜΕΝΗΣ.

Πηγαῖς ὁρῶσα Δορκὰς αὐτῆς τὴν θέαν,
Λεπτοὺς πόδας μωμεῖτο, χαῖρε δ᾽ εἰς κέρα[1].
Λέων δ᾽ ἐπεὶ δίωκε, τούτους ἠγάπα,
Κέρα καθυβρίζουσα, θήρας ὡς πάγην[2].

Ἐπιμύθιον.

Ὅτι πολλάκις τις ὠφελεῖται ἐξ ὧν[3] δοκεῖ βλάπτεσθαι.

ÉSOPE, 184, 66.—PHÈD., I, XII.—ROM., III, VII.—LA FONT., VI, IX.

1. Κέρα. Contraction pour κέρατα, cornes, bois de cerf.
2. Θήρας ὡς πάγην, comme un piége pour la faire prendre.
3. Ἐξ ὧν. Expression elliptique pour ἐκ τούτων, ἐξ ὧν.

ΤΕΤΡΑΣΤΙΧΟΝ ΙΗ′. 18.

ΠΕΡΙ ΑΛΩΠΕΚΟΣ ΚΑΙ ΣΤΑΦΥΛΗΣ.

Κερδὼ βότρυν βλέπουσα μακρᾶς ἀμπέλου,
Πρὸς ὕψος ἦρτο[1], καὶ καμοῦσα πολλάκις
Ἑλεῖν, ἀπεῖπε[2], πρὸς δ᾽ ἑαυτὴν ταῦτ᾽ ἔφη ·
Μὴ κάμνε, ῥᾶγες ὀμφακίζουσι μάλα.

Ἐπιμύθιον.

Πρὸς τοὺς ποιοῦντας τὴν ἀνάγκην φιλοτιμίαν.

Ésope, 156, 170. — Phéd., IV, iii. — Rom., IV, i. — La Font., III, xi.

1. Ἦρτο. Plus-que-parfait passif ou moyen de αἴρω.

2. Ἀπεῖπε, il y renonça par découragement.

ΤΕΤΡΑΣΤΙΧΟΝ ΙΘ′. 19.

ΠΕΡΙ ΚΟΡΑΚΟΣ ΚΑΙ ΑΛΩΠΕΚΟΣ.

Τυρὸν Κόραξ ἔδακνε, Κερδὼ δ᾽ ἠπάτα ·
Εἰ γλῶσσαν εἶχες, Ζηνὸς ἧς[1] ὄρνις μέγας.
Εὐθὺς δ᾽ ὁ τοῦτον ῥίψεν[2] · ἡ δ᾽ αὐτὸν φάγεν[3].
Ἔχεις[4], κόραξ, ἄπαντα, νοῦν κτῆσαι μόνον.

Ἐπιμύθιον.

Πρὸς τοὺς ἐπὶ κολακείαις χαίροντας.

Ésope, 208, 216. — Phéd., I, xiii. — Rom., I, iv. — La Font., I, ii.

1. Ἦς (sous-entendu ἄν), tu serais.

2. Ῥίψεν, pour ἔῤῥιψεν, aoriste de ῥίπτω, jeter.

3. Φάγεν, pour ἔφαγεν, aoriste de ἐσθίω, manger. Pour tous les verbes irréguliers, voir l'excellent traité de M. Audinet, intitulé : *Notions diverses sur les verbes grecs.*

4. Ἔχεις. C'est le renard qui parle.

ΤΕΤΡΑΣΤΙΧΟΝ Κ΄. 20.

ΠΕΡΙ ΒΑΤΡΑΧΩΝ ΚΑΙ ΗΛΙΟΥ.

Γάμοις ἔχαιρον Βάτραχοι τοῖς ἡλίου.
Καί τις πρὸς αὐτοὺς εἶπεν· Ὦ δειλὸν γένος !
Εἰ γὰρ μόνου τρέμοιμεν αὐγὰς ἡλίου,
Τίς, εἴ γε τεκνώσειε, τοῦτον βαστάσει ;

Ἐπιμύθιον.

Πρὸς τοὺς ἐπὶ ἰδίᾳ βλάβῃ ἀγνωσίας[1] χαίροντας.

ÉSOPE, 350. — PHÈD., I, VI. — ROM., I, XII. — LA FONT., VI, XII.

1. Ἀγνωσίας (sous-ent. ἕνεκα), par ignorance.

ΤΕΤΡΑΣΤΙΧΟΝ ΚΑ΄. 21.

ΠΕΡΙ ΟΡΝΙΘΟΣ ΩΟΝ ΧΡΥΣΟΓΝ ΤΙΚΤΟΥΣΗΣ, ΚΑΙ ΦΙΛΑΡΓΥΡΟΥ

Ἔτικτε χρυσοῦν ὠὸν Ὄρνις εἰσάπαξ,
Καί τις πλανηθεὶς χρυσεραστὴς τὴν φρένα,
Ἔκτεινε ταύτην, χρυσὸν ὡς λαβεῖν θέλων.
Ἐλπὶς δὲ μεῖζον δῶρον ὠλέκει τύχης[1].

Ἐπιμύθιον.

Πρὸς τοὺς ἐλπίδι κέρδους εἰς ζημίαν ἐκ μικροψυχίας[2] ἐμπίπτοντας.

ÉSOPE, 136, 153. — LA FONT., V, XIII.

1. Ἐλπὶς... τύχης, son espoir détruisit le don plus grand de la fortune, c. à. d. son fol espoir lui fit perdre le don précieux de la fortune.
2. Μικροψυχίας, bassesse de sentiments, basse avidité.

ΤΕΤΡΑΣΤΙΧΟΝ ΚΒʹ. 22.

ΠΕΡΙ ΑΣΤΕΡΟΣΚΟΠΟΥ ΚΑΙ ΟΔΟΙΠΟΡΟΥ.

Ἄστροις περισκοπῶν τις Ἀστεροσκόπος
Πίπτει λεληθὼς[1] πρὸς φρέαρ· τυχὼν[2] δέ τις
Ὁδοιπόρος στένοντι ταῦτ' ἔφη λέγων·
Νοῦν θεὶς ἄνω, βέλτιστε, τὴν γῆν οὐ βλέπεις;

Ἐπιμύθιον.

Ὅτι πολλοὶ, τὰ ἐνεστῶτα[3] μὴ γινώσκοντες, τὰ μέλλοντα καυχῶνται γινώσκειν.

ÉSOPE, 166, 19. — LA FONT., II, xiii.

1. Λεληθώς, ayant échappé (à lui-même), c'est-à-dire sans s'en apercevoir, par mégarde.

2. Τυχών, étant survenu.
3. Τὰ ἐνεστῶτα, les choses présentes, le présent.

ΤΕΤΡΑΣΤΙΧΟΝ ΚΓʹ. 23.

ΠΕΡΙ ΙΠΠΟΥ ΚΑΙ ΚΑΠΡΟΥ[1].

Ἤριζεν Ἵππος ἀγριωτάτῳ Κάπρῳ·
Ὁρμὴν δὲ θηρὸς Ἵππος οὐ σθένων ὅλως[2],
Ἑαυτὸν ἐκδέδωκεν, εὑρὼν σύμμαχον
Ἔμπειρον ἄνδρα πρὸς σφαγὴν τοῦ θηρίου.

1. L'inventeur de cet apologue est le poëte lyrique Stésichore d'Himère, qui voulait, à ce qu'on assure, détourner ses concitoyens de faire alliance avec le tyran Phalaris. Horace a traité le même sujet dans une de ses épîtres, la dixième du livre premier.

2. Ὁρμὴν οὐ σθένων ὅλως, ne pouvant pas résister du tout à l'impétuosité, étant hors d'état de repousser les attaques...

Ἐπιμύθιον.

Ὅτι δι' ἔχθραν¹ τινὲς καὶ εἰς δουλείαν ἑαυτοὺς ἐμ-
βάλλουσιν.

Ésope, 313. — Phèd., IV, III. — Rom., IV, IX. — La Font., IV, XIII.

1. Δι' ἔχθραν, par haine, pour | Ils vendent leur liberté à un plus
contenter, pour assouvir leur haine | fort qui épouse leurs rancunes.

ΤΕΤΡΑΣΤΙΧΟΝ ΚΔ'. 24.

ΠΕΡΙ ΑΝΔΡΟΣ ΜΙΞΟΤΡΙΧΟΣ ΚΑΙ ΔΥΟΙΝ ΕΤΑΙΡΑΙΝ.

Ἐρωμένας δύ' εἶχεν ἀνὴρ μιξόθριξ,
Χρόνῳ διενηνοχυῖαι¹ πάντη καὶ τρόπῳ·
Ἡ μὲν μελαίνας, ἡ δὲ λευκὰς ἔκφερεν²,
Ἐξ ὧν ψιλωθεὶς, πᾶσιν ὡράθη³ γέλως⁴.

Ἐπιμύθιον.

Πρὸς τοὺς εἰς δύο ἐναντία πράγματα ἑαυτοὺς ἐμβάλ-
λοντας.

Ésope, 165, 199. — Phèd., II, II. — La Font., I, XVII.

1. Διενηνοχυῖαι. Féminin pluriel | 3. Ὡράθη, pour ἐωράθη, aoriste
du participe du parfait de διαφέρω, | passif de ὁράω. On emploie plus or-
différer. | dinairement ὤφθη.
2. Ἔκφερεν, pour ἐξέφερεν, par | 4. Γέλως, rire, c'est-à-dire objet
suppression de l'augment. | de risées.

ΤΕΤΡΑΣΤΙΧΟΝ ΚΕ'. 25.

ΠΕΡΙ ΑΕΤΟΥ ΤΕ ΚΑΙ ΚΟΛΟΙΟΥ.

Ἀρνὸν καταπτὰς Ἀετὸς[1] καθαρπάσας,
Ἰδὼν Κολοιὸς, ἐν κριῷ πράττει τάδε[2],
Ὃν εἶλε ποιμήν. Παῖς δ᾽ ἐφώνει· Τοῦτο[3] τί;
Ἐμοὶ Κολοιὸς, Ἀετὸς δ᾽ αὐτῷ πέλει[4].

Ἐπιμύθιον.

Ὅτι οὐ δεῖ μιμεῖσθαι τοὺς κρείττονας.

ÉSOPE, 207, 3. — LA FONT., II, XVII.

1. Ἀετός. Ce nominatif équivaut à un génitif absolu.
2. Πράττει τάδε, fait cela, c'est-à-dire voulut en faire autant.
3. Τοῦτο. Sous-ent. ὄρνεον.

4. Ἐμοὶ... πέλει, selon moi, c'est un geai ; selon lui, c'est un aigle. Ésope a dit : Ὡς μὲν ἐγὼ σαφῶς οἶδα, κολοιός, ὡς δὲ αὐτὸς βούλεται, ἀετός.

ΤΕΤΡΑΣΤΙΧΟΝ Κϛ'. 26.

ΠΕΡΙ ΚΟΛΟΙΟΥ ΚΑΙ ΑΛΛΩΝ ΟΡΝΕΩΝ.

Ἀλλοτρίοις πτεροῖσιν ἠμφιεσμένος,
Ηὔχει Κολοιὸς ὀρνέων ὑπερφέρειν.
Πρώτη δὲ δῶρον[1] ἡ Χελιδὼν ἡρπάκει,
Μεθ᾽ ἢν ἅπαντες· εἶτα γυμνὸς εὑρέθη.

Ἐπιμύθιον.

Ὅτι τὸ ἐξ ἐράνου κάλλος[2] διαλύεται.

ÉSOPE, 101, 205, 285.—PHÉD., I, III.—ROM., II, XVI.—LA FONT., IV, IX.

1. Δῶρον, son présent, les plumes qu'elle lui avait données.
2. Τὸ ἐξ ἐράνου κάλλος, la beauté d'emprunt.

ΤΕΤΡΑΣΤΙΧΟΝ ΚΖ'. 27.

ΠΕΡΙ ΑΕΤΟΥ ΤΕ ΚΑΙ ΟΙΣΤΟΥ.

Βέλει τὸ στῆθος Ἀετὸς τρώθη[1] πάλαι,
Ἀλγῶν δὲ λοιπὸν ἧστο, πολλὰ δακρύων.
Βλέπων δ' ὀϊστὸν εἶπεν ἐπτερωμένον[2] ·
Βαβαί! πτερόν με τὸ πτερωτὸν ὀλλύει.

Ἐπιμύθιον.

Πρὸς τοὺς ἐκ τῶν ἰδίων κακῶς πάσχοντας.

ÉSOPE, 133. — LA FONT., II, VI.

1. Τρώθη, pour ἐτρώθη, aoriste passif de τιτρώσκω.

2. Ἐπτερωμένον. Participe du parfait passif de πτερόω.

ΤΕΤΡΑΣΤΙΧΟΝ ΚΗ'. 28.

ΠΕΡΙ ΘΗΡΩΝ ΚΑΙ ΟΡΝΕΩΝ ΜΑΧΗΣ, ΚΑΙ ΣΤΡΟΥΘΟΥ.

Πᾶσι πεφύκει θηρσὶ καὶ πτηνοῖς μάχη ·
Ἦλω Λίβυσσα Στρουθός· ἢ τοὺς δ' ἐπλάνα,
Εἶναι μὲν ὄρνις, ἐκ μέρους[1] δὲ θηρίον,
Πτηνοῖς κάραν δεικνῦσα, τοῖς θηρσὶ πόδας[2].

Ἐπιμύθιον.

Πρὸς τοὺς δυσὶ κυρίοις δουλεύοντας, καὶ πλανῶντας ἀμφοτέρους.

ÉSOPE, 106, 125. — ROM., III, IV. — LA FONT., II, V.

1. Εἶναι ὄρνις (sous-ent. λέγουσα), disant qu'elle était oiseau. — Ἐκ μέρους, tour à tour, ensuite, d'autres fois, tautôt.

2. On appelait aussi l'autruche στρουθοκάμηλος, de στρουθός, oiseau, et κάμηλος, chameau, ce qui désigne réellement sa forme.

ΤΕΤΡΑΣΤΙΧΟΝ ΚΘ΄. 29.

ΠΕΡΙ ΧΕΛΙΔΟΝΟΣ ΚΑΙ ΚΡΙΤΗΡΙΟΥ.

Πῆξεν Χελιδὼν νεοσσιὰν κριτηρίου
Ὕπερθεν, ἥσπερ τὴν γονὴν βλάπτει δράκων.
Ἡ δ' αὖτ' ἔφησεν · Ὦ πολυστόνου τύχης[1] !
Ὅπου γὰρ ἐκδίκησις, ἐβλάβην μόνη.

Ἐπιμύθιον.

Πρὸς τοὺς παθόντας κακὸν ἀπὸ καλῶν[2] ἀνθρώπων.

ÉSOPE, 286.

1. Ὦ πολυστόνου τύχης, ô sort malheureux ! Cet emploi du génitif dans les exclamations est particulier à la langue grecque; les latins se servaient de l'accusatif : *O ingemiscendam fortunam !*

2. Καλῶν. On dit aussi καλὸς κἀγαθός, probe, honnête.

ΤΕΤΡΑΣΤΙΧΟΝ Λ΄. 30.

ΠΕΡΙ ΤΡΙΩΝ ΒΟΩΝ ΟΜΟΦΩΝΩΝ, ΕΙΤΑ ΑΣΥΜΦΩΝΩΝ, ΚΑΙ ΛΕΟΝΤΟΣ.

Ὁμόφρονες νέμοντο τρεῖς ὁμοῦ Βόες,
Οὓς οὐδὲ θὴρ ἔβλαπτε πολλάκις[1] Λέων.
Ἔχθρας δὲ μίσει καὶ μάχης διασχίσας[2],
Ἕκαστον ἐκβέβρωκε γυμνὸν[3] ὡς ἕνα.

Ἐπιμύθιον.

Πρὸς τοὺς σχιζομένους ἐκ τῶν ἰδίων, καὶ διὰ τοῦτο κακῶς πάσχοντας.

ÉSOPE, 296.

1. Πολλάκις, (l'ayant tenté) souvent, plus d'une fois.

2. Διασχίσας a pour sujet le lion, pour complément les bœufs.

3. Ἕκαστον ἐκβέβρωκε, il les dévora chacun, il les dévora l'un après l'autre. — Γυμνόν, nu, c'est-à-dire sans défense.

ΤΕΤΡΑΣΤΙΧΟΝ ΛΑ΄. 31.

ΠΕΡΙ ΓΕΩΡΓΟΥ ΚΑΙ ΓΕΡΑΝΟΥ.

Ἔθνει Γεράνων πῆξέ[1] τις σπορεὺς πάγην,
Μεθ' ὧν Πελαργὸν εἶλεν, ὃς θρήνει μέγα.
Ἔφη δ' Ἀροτρεύς· Ὡς φίλος μὲν εἶ σύ μοι!
Ἀλλ' ἡ πάγη λαβοῦσα σὺν κακοῖς ἔχει[2].

Ἐπιμύθιον.

Πρὸς φίλον τινὸς ἐνούμενον[3] τοῖς ἐχθροῖς τοῦ φίλου αὐτοῦ.

ÉSOPE, 172.

1. Πῆξε est pour ἔπηξε, et au vers suivant, nous trouvons encore θρήνει pour ἐθρήνει.
2. Ἡ πάγη λαβοῦσα σὺν κακοῖς ἔχει, le piége qui t'a pris te tient avec des méchants, c'est-à-dire tu es tombée dans le piáge en compagnie de méchants.
3. Ἐνούμενον (de ἐνόω), qui ne fait qu'un, qui s'unit.

ΤΕΤΡΑΣΤΙΧΟΝ ΛΒ΄. 32.

ΠΕΡΙ ΚΥΝΟΣ ΚΑΙ ΕΙΔΩΛΟΥ ΑΥΤΟΥ ΕΝ ΤΩ ΥΔΑΤΙ.

Φέρων ποταμοῦ πλησίον Κύων κρέας,
Κύψας ἑαυτὸν, ἄλλον εἰς ὕδωρ βλέπει.
Χανὼν δὲ λοιπὸν τοῦ κάτω λαβεῖν κρέας[1],
Ἀπεστερεῖτο καὶ τοῦθ' οὗπερ ἐκράτει.

Ἐπιμύθιον.

Ὅτι ὁ πλεονεκτῶν μᾶλλον ζημιοῦται.

ÉSOPE, 213, 339.—PHÈD., I, IV.—ROM. I, V.—LA FONT., VI, XVII.

1. Χανὼν δὲ λοιπὸν... κρέας. Il y a là deux ellipses; voici la construction : Ἔνεκα τοῦ λαβεῖν τὸ λοιπὸν κρέας ὃν κάτω.

ΤΕΤΡΑΣΤΙΧΟΝ ΛΓ′. 33.

ΠΕΡΙ ΟΝΟΥ ΚΑΙ ΑΛΟΣ ΚΑΙ ΣΠΟΓΓΩΝ.

Περῶν ποταμὸν, φόρτον ἦγ᾽ ἁλὸς Ὄνος.
Ἐν ᾧ τε καὶ πέπτωκε κουφισθεὶς βάρος[1].
Σπόγγων δ᾽ ἔπειτα πλῆθος οὕτως ὡς φέρεν,
Πεσὼν ἑκοντὶ[2], δυστυχῶς ἀπεπνίγη[3].

Ἐπιμύθιον.

Ὅτι πολλάκις προσδοκία κέρδους εἰς ζημίαν κατ‑
αντᾷ[4].

ÉSOPE, 258. — LA FONT., II, x.

1. Πέπτωκε κουφισθεὶς βάρος, fl tomba (et se trouva) allégé de son fardeau.
2. Ἑκοντί, à dessein, exprès.
3. Ἀπεπνίγη, fut suffoqué, étouffé, asphyxié, c'est-à-dire se noya.
4. Κατανρᾷ, va à la rencontre de, c'est-à-dire aboutit à.

ΤΕΤΡΑΣΤΙΧΟΝ ΛΔ′. 34.

ΠΕΡΙ ΚΑΜΗΛΟΥ ΚΑΙ ΔΙΟΣ.

Κυρτὴ θεὸν Κάμηλος ἐζήτει[1] κέρα,
Ἢν ἐξεμυκτήρισε τῆς ἀβουλίας.
Μειοῖ γὰρ αὐτὴν λοιπὸν ὦτα καὶ κάραν,
Ὡς ἄν γε παντάπασιν αἰσχίστη πέλῃ.

Ἐπιμύθιον.

Ὅτι δεῖ παρὰ τοῦ Θεοῦ αἰτεῖν τὰ προσήκοντα.

ÉSOPE, 197.

1. Ἐζήτει a ici le sens rare de *demander*; comme le verbe latin *rogare* et quelques autres, il veut ses deux compléments à l'accusatif.

ΤΕΤΡΑΣΤΙΧΟΝ ΛΕʹ. 35.

ΠΕΡΙ ΛΥΚΟΥ ΚΑΙ ΑΡΝΟΣ.

Λύκος πρὸς Ἄρνα φησίν· Οὐ πρόσθεν σύ μοι
Ὕδωρ τάραττες[1]; — Ἄρτι γαστρὸς ἐξέφυν[2],
Καὶ πῶς ὕδωρ τάραττον ἀγνοῶ ποτε.
— Θοίνη γένη μοι, κἂν θέμις, κἂν μὴ θέμις[3].

Ἐπιμύθιον.

Πρὸς τοὺς ἀδεῶς[4] φανερῶς ἀδικοῦντας.

ÉSOPE, 229. — PHÈD., I, I. — ROM., I, II. — LA FONT., I, x.

1. Τάραττες, pour ἐτάραττες,
et τάραττον, pour ἐτάραττον.
2. Γαστρὸς ἐξέφυν, je suis sorti
(du sein maigre de ma mère).

3. Κἂν θέμις, κἂν μὴ θέμις, à
tort ou à raison.
4. Ἀδεῶς, sans crainte, sans
remords.

ΤΕΤΡΑΣΤΙΧΟΝ ΛϚʹ. 36.

ΠΕΡΙ ΑΛΑΖΟΝΟΣ ΚΥΝΗΓΟΥ ΚΑΙ ΠΟΙΜΕΝΟΣ.

Δειλὸς Κυνηγὸς πρός τιν᾽ εἶπε Ποιμένα·
Εἴ που Λέοντος εἶδες ἴχνη, μοὶ φράσον.
— Σοὶ τοῦτον, εἶπεν, εἰ θέλεις, δείξω πέλας.
— Ἴχνος[1], Κυνηγὸς εἶπεν, οὐ ζητῶ πλέον.

Ἐπιμύθιον.

Πρὸς ἀνθρώπους θρασεῖς πρὸς λόγους, καὶ πρὸς ἔργα
δειλούς.

ÉSOPE, 178, 267. — LA FONT., VI, II.

1. Ἴχνος, à l'accusatif, est régi par le verbe δείκνυθι, sous-entendu.

ΤΕΤΡΑΣΤΙΧΟΝ ΛΖ′. 37.

ΠΕΡΙ ΙΠΠΟΤΟΥ ΚΑΙ ΑΓΡΟΙΚΟΥ.

Ἤτει λαβεῖν Ἀγροῖκον Λαγὼν ἱππότης¹.
Λαβὼν δὲ χερσὶ τοῦτον, ἠρώτα · Πόσου²;
Καὶ πῶλον ἐξήλαυνεν. Ἀγροῖκος δ᾽ ἔφη ·
Μὴ σπεῦδε, σοὶ δώρημα τοῦτο προσφέρω.

Ἐπιμύθιον.

Πρὸς τοὺς ἐξ ἀνάγκης παραιτουμένους τὰ ἴδια³.

ÉSOPE, 352.

1. Construisez : Ἱππότης ἤτει Ἀγροῖκον λαβεῖν λαγών, un cavalier demandait à un paysan à prendre un lièvre, c'est-à-dire un cavalier priait un paysan de lui céder un lièvre.

2. Πόσου (ellipse pour ἀντὶ πόσου ἀργυρίου), combien ?

3. Τοὺς παραιτουμένους τὰ ἴδια, ceux qui refusent ce qui leur appartient, qui renoncent à ce qui est à eux.

ΤΕΤΡΑΣΤΙΧΟΝ ΛΗ′. 38.

ΠΕΡΙ ΛΥΚΟΥ ΚΑΙ ΟΝΟΥ.

Ὀδοῦσιν ἧλον εἷλεν ἐξ Ὄνου¹ Λύκος ·
Αἰτῶν δὲ μισθὸν, πλήττεται λὰξ τὴν γένυν².
Λύκος δέ φησι · Πῶς μάγειρος ὢν πάλαι
Ἰατρικῆς μετῆλθον ἔργ᾽ ἀναξίως³;

1. Εἷλεν ἐξ Ὄνου, retira d'un Ane, du pied d'un Ane.

2. Πλήττεται τὴν γένυν, il est frappé à la mâchoire.

3. Ἰατρικῆς (sous-ent. τέχνης ἔργα, les opérations de l'art de guérir, le métier de médecin. — Ἀναξίως, indignement, sans mérite.

Ἐπιμύθιον.

Πρὸς τοὺς τὴν ἰδίαν τέχνην καταλιμπάνοντας, καὶ
ἑτέραν μετερχομένους ἐπὶ βλάβῃ.

ÉSOPE, 263, 134. — ROM., III, II. — LA FONT., V, VIII.

ΤΕΤΡΑΣΤΙΧΟΝ ΛΘ΄. 39.

ΠΕΡΙ ΛΥΚΟΥ ΚΑΙ ΓΕΡΑΝΟΥ.

Εἰς λαιμὸν ὀστοῦν ἐμπεπήγει [1] τοῦ Λύκου·
Μισθῷ δ᾽ ἑλὼν Γέρανος, ᾔτει τὴν χάριν [2].
Σῶον [3] τράχηλον ἐκ Λύκου λαιμοῦ φέρων,
Μήδ᾽ ἄλλο μηδὲν [4] μισθὸν ἢ τοῦτο σκόπει.

Ἐπιμύθιον.

Πρὸς τοὺς ἐπικίνδυνον πρᾶξιν ἐγχειρήσαντας, καὶ
μετὰ σύνθημα ζητοῦντας μισθόν.

ÉSOPE, 144, 94. — PHÈD., I, VIII. — ROM., I, VIII. — LA FONT., III, IX.

1. Ἐμπεπήγει, pour ἐνεπεπή-γει, plus-que-parfait à signification passive du verbe ἐμπήγνυμι.

2. Χάριν, la reconnaissance du bienfait.

3. Coray dit : Ζωόν, vivant.

4. Μήδ᾽ ἄλλο μηδέν. En grec, quand deux ou plusieurs négations se rapportent au même verbe, au lieu de se détruire, comme en latin, elles se fortifient au contraire mutuellement.

ΤΕΤΡΑΣΤΙΧΟΝ Μ΄. 40.

ΠΕΡΙ ΤΑΥΡΟΥ ΚΑΙ ΤΡΑΓΟΥ.

Ἤλαυνε Ταῦρον ἐξ ἑῆς κοίτης Τράγος,
Ὅν θὴρ λέων δίωκεν, εἶπε[1] δὲ στένων·
Εἴπερ με μὴ Λέοντος ἐπτόει φόβος,
Ἔγνως[2] ὅσον Ταύρου τε καὶ Τράγου σθένος.

Ἐπιμύθιον.

Πρὸς τοὺς καταδεχομένους ὑβρίζεσθαι ὑπὸ μικρῶν, διὰ φόβον ἑτέρων μειζόνων.

Ésope, 277.

1. Δίωκεν, pour ἐδίωκεν. — Εἶπε a pour sujet le Taureau. — 2. Ἔγνως (sous-entendu ἄν), tu aurais appris, tu saurais.

ΤΕΤΡΑΣΤΙΧΟΝ ΜΑ΄. 41.

ΠΕΡΙ ΜΥΡΜΗΚΟΣ ΚΑΙ ΤΕΤΤΙΓΟΣ.

Ἤτει τροφὴν Μύρμηκα[1] Τέττιξ ἐν κρύει,
Μύρμηξ δ᾿ ἔφησε· Τί, θέρους ὄντος, ἔδρας;
Ὅς· Ἐν θέρει, εἴρηκεν, ᾖδον ὀξέως.
— Χειμῶνος[2] ὀρχοῦ, φησὶ, μὴ τροφῆς ἔρα.

Ἐπιμύθιον.

Πρὸς τοὺς μὴ θέλοντας ἐν νεότητι κοπιᾶν, καὶ διὰ τοῦτο ἐν τῷ γηρᾷ πτωχοῦντας.

Ésope, 134. — Rom., IV, xix. — La Font., I, i.

1. Ἤτει τροφὴν Μύρμηκα. Le verbe αἰτέω prend à l'accusatif le nom de la chose demandée et le nom de la personne à qui on demande. — 2. Ésope a dit : Χειμῶνος ὥρᾳ, dans la saison de l'hiver; c'est ainsi qu'on voit dans la fable suivante ὥρᾳ κρύους.

ΤΕΤΡΑΣΤΙΧΟΝ ΜΒ΄. 42.

ΠΕΡΙ ΟΦΕΟΣ ΚΑΙ ΓΕΩΡΓΟΥ.

Ἔθαλπέ τις Γεωργὸς ἐν κόλποις Ὄφιν,
Ὥρᾳ κρύους· ἐπεὶ δὲ θέρμης ᾔσθετο[1],
Ἔπληξε[2] τὸν θάλψαντα, κἄκτεινε τάχος[3].

Ἐπιμύθιον.

Οὕτω κακοὶ ποιοῦσι[4] τοὺς εὐεργέτας.

ESOPE, 170.—PHÈDRE, IV, XVIII.—ROM., I, X.—LA FONT., VI, XIII.

1. Ἤσθετο se rapporte au serpent.

2. Ἔπληξε. Le serpent mord et ne pique pas, ainsi que le croyaient les anciens, qui prenaient généralement sa langue pour un dard.

3. Κἄκτεινε. Contraction pour καὶ ἔκτεινε. — Τάχος (sous-ent. κατά), en hâte, aussitôt.

4. Ποιοῦσι est pris dans le sens du latin *habent :* traitent.

ΤΕΛΟΣ.

TABLE

DE L'ÉDITION GRECQUE DES QUATRAINS DE GABRIAS.

Περὶ Ἀνθρώπου καὶ λιθίνου Λέοντος.................................... 1
— Λέοντος κοιμωμένου καὶ Μυός..................................... 1
— Λέοντος καὶ Κάπρου καὶ Γυπῶν................................... 2
— Δορκάδος καὶ Λέοντος θυμωθέντος................................ 3
— Λέοντος, Ὄνου καὶ Ἀλώπεκος.................................... 3
— Ὄνου βαστάζοντος εἴδωλον....................................... 4
— Παιδὸς ἐσθίοντος σπλάγχνα...................................... 4
— Ἀλώπεκος καὶ βάτου.. 5
— Κόνωπος καὶ Ταύρου.. 5
— Ἐλάφου καὶ ἀμπέλου.. 6
— Ὄφεος καὶ Γεωργοῦ... 6
— Παιδὸς καὶ Σκορπίου.. 7
— Συὸς καὶ Μυός... 7
— Ὄνου καὶ Λεοντῆς.. 8
— Τράγου καὶ ἀμπέλου.. 8
— Ἀνδρὸς καὶ Γαλῆς γυναικός..................................... 9
— Δορκάδος τὴν τῶν ποδῶν λεπτότητα μεμφομένης.................. 9
— Ἀλώπεκος καὶ σταφυλῆς.. 10
— Κόρακος καὶ Ἀλώπεκος... 10
— Βατράχων καὶ ἡλίου.. 11
— Ὄρνιθος ὠὸν χρυσοῦν τικτούσης, καὶ φιλαργύρου................ 11
— Ἀστεροσκόπου καὶ Ὁδοιπόρου................................... 12
— Ἵππου καὶ Κάπρου.. 12
— Ἀνδρὸς μιξότριχος καὶ δύοιν ἑταίραιν........................... 13
— Ἀετοῦ τε καὶ Κολοιοῦ.. 14
— Κολοιοῦ καὶ ἄλλων ὀρνέων...................................... 14
— Ἀετοῦ τε καὶ ὀϊστοῦ... 15
— Θηρῶν καὶ ὀρνέων μάχης, καὶ Στρουθοῦ.......................... 15
— Χελιδόνος καὶ κριτηρίου.. 16
— τριῶν Βοῶν ὁμοφώνων, εἶτα ἀσυμφώνων, καὶ Λέοντος............ 16
— Γεωργοῦ καὶ Γεράνου... 17
— Κυνὸς καὶ εἰδώλου αὐτοῦ ἐν τῷ ὕδατι........................... 17
— Ὄνου καὶ ἁλὸς καὶ σπόγγων...................................... 18
— Καμήλου καὶ Διός... 18
— Λύκου καὶ Ἀρνός... 19
— ἀλάζονος Κυνηγοῦ καὶ Ποιμένος................................. 19
— Ἱππότου καὶ Ἀγροίκου.. 20
— Λύκου καὶ Ὄνου.. 20
— Λύκου καὶ Γεράνου... 21
— Ταύρου καὶ Τράγου... 22
— Μύρμηκος καὶ Τέττιγος... 22
— Ὄφεος καὶ Γεωργοῦ... 23

LES QUATRAINS

DE GABRIAS.

QUATRAIN I.

L'HOMME ET LE LION DE PIERRE.

Un homme foulait aux pieds un lion de pierre : « Vois-tu notre force? dit quelqu'un au Lion. — Oui, répondit celui-ci ; mais, si les lions savaient sculpter, vous verriez qu'il y aurait alors beaucoup d'hommes de pierre. »

Moralité.

Il ne faut pas s'enorgueillir de sa force.

QUATRAIN II.

LE LION QUI DORT ET LE RAT.

Pendant qu'un Lion sommeillait, un rat lui passa en courant sur le milieu de la crinière. Le Lion se leva aussitôt ; un Renard se prit à rire : « Ce n'est certes pas que j'en aie peur, dit le Lion, mais je lui apprends à mieux choisir son chemin. »

Moralité.

Il ne faut pas laisser passer inaperçue même la moindre marque de mépris.

QUATRAIN III.

LE LION, LE SANGLIER ET LES VAUTOURS.

Un Lion livra un jour combat au Sanglier ; des Vautours, du haut des airs, épiaient l'issue de l'affaire pour dévorer aussitôt le vaincu ; mais voyant que les deux adversaires avaient fait la paix, ils furent déçus de leurs espérances.

Moralité.

Il ne faut pas se réjouir des maux d'autrui.

QUATRAIN IV.

LA GAZELLE ET LE LION COURROUCÉ.

« O la triste destinée des animaux ! dit une Gazelle, à la vue d'un Lion courroucé. Si dans ton calme même tu es déjà bien difficile à contenir, ô Lion, combien maintenant, dans la fureur qui te possède, ne feras-tu pas couler de larmes ? »

Moralité.

Celui qui est au pouvoir ne doit jamais se mettre en colère.

QUATRAIN V.

LE LION, L'ANE ET LE RENARD.

Un Lion, un Ane et un Renard allèrent ensemble à

la chasse; l'Ane ayant divisé la proie en trois portions égales, le Lion le mit en pièces; le Renard lui fit alors une part plus belle, instruit qu'il était par le sort de l'Ane.

Moralité.

Les malheurs d'autrui doivent nous servir de leçon.

QUATRAIN VI.

L'ANE PORTANT UNE IDOLE.

Un Ane portait sur son dos une idole d'argent; chacun venait à sa rencontre et se prosternait à son tour devant elle. Mais comme, follement enivré de ces hommages, notre Ane ne pouvait modérer ses transports, quelqu'un s'avisa de lui dire : « Ce n'est pas toi qui es le dieu, tu n'es que l'âne qui le porte. ».

Moralité.

Ceux qui sont dans les dignités et les honneurs ne doivent pas perdre de vue qu'ils sont hommes.

QUATRAIN VII.

L'ENFANT QUI MANGE DES BOYAUX.

Un enfant avait, un jour de fête, mangé des entrailles de bœuf : « Hélas! s'écriait-il, ma mère, je rends mes boyaux. — Ne crains rien, mon fils, lui répondit-elle en souriant : ce ne sont vraiment pas les tiens, mais ceux d'un autre que tu rends. »

Moralité.

Il faut savoir restituer le bien d'autrui sans se
plaindre.

QUATRAIN VIII.

LE RENARD ET LE BUISSON.

Un Renard en voulant franchir une haie glissa et se
retint à un buisson ; mais s'étant égratigné à la patte,
il se mit à insulter le buisson. « Ce n'est certes pas à
moi, mais bien à toi, lui repartit celui-ci, qu'il faut
t'en prendre. »

Moralité.

Ceci s'adresse à ceux qui taisent leurs propres dé-
fauts et accusent ceux des autres.

QUATRAIN IX.

LE MOUCHERON ET LE TAUREAU.

Un Moucheron, s'étant un jour posé sur la corne d'un
Taureau, le priait de lui dire s'il désirait qu'il s'envolât ;
mais le Taureau lui répondit : « Je n'ai nullement senti
quand tu te posais sur moi, je ne sentirai pas davan-
age quand tu t'envoleras. »

Moralité.

A ceux qui se croient sages, puissants et sensés,
mais qui ne le sont pas.

QUATRAIN X.

LA BICHE ET LA VIGNE.

Une Biche poursuivie par des chasseurs se cacha
sous l'épais feuillage d'une vigne; mais s'étant bientôt
mise à brouter les feuilles qui l'abritaient, elle devint,
comme elle le méritait, la proie des chasseurs.

Moralité.

A ceux qui maltraitent leurs bienfaiteurs.

QUATRAIN XI.

LE SERPENT ET LE LABOUREUR.

Un laboureur, prêt à frapper un serpent pour le pu-
nir de la mort qu'il avait donnée à son fils, brisa la
pierre dont il s'était armé, et voulut faire la paix.
« Mais, lui dit le Serpent, comment pourrons-nous
être amis l'un et l'autre tant que nous verrons, toi,
cette tombe, et moi, cette pierre? »

Moralité.

Les grandes haines sont irréconciliables.

QUATRAIN XII.

L'ENFANT ET LE SCORPION.

Tout en faisant la chasse aux sauterelles, un enfant

avança ses mains vers un Scorpion : « Oh ! ne me tou-
che pas, lui dit aussitôt l'insecte ; car, si tu le fais, tu
seras obligé en gémissant de rejeter de ton sein même
les véritables sauterelles. »

Moralité.

N'ayons aucun rapport avec les méchants.

QUATRAIN XIII.

LE PORC ET LE RAT.

Un Porc traînait un Rat pour le manger ; la faim l'a-
vait réduit à cette extrémité. Témoins de cette scène,
des forgerons partirent d'un éclat de rire ; mais le Rat
encore vivant leur dit, les yeux pleins de larmes :
« N'avez-vous donc pas le courage de nourrir même un
seul porc ? »

Moralité.

Ceci s'adresse à ceux qui ne voient pas leurs travers
et qui se moquent des autres.

QUATRAIN XIV.

L'ANE VÊTU DE LA PEAU DU LION.

Un Ane, les épaules revêtues d'une peau de lion,
vit des chevriers, et se vanta auprès d'eux d'être un
lion. Mais, dès qu'on l'eut trouvé, peu après, dépouillé
de la royale peau, le moulin vint lui rappeler qu'il
était sorti de sa condition.

Moralité.

Cette fable signifie que les honneurs d'emprunt ne sont pas de durée.

QUATRAIN XV.

LE BOUC ET LA VIGNE.

La Vigne dit au Bouc : « Tu me portes préjudice en broutant mes feuilles ; est-ce qu'il n'y a donc pas de l'herbe ? Mais tu as beau me nuire, je trouverai toujours facilement le moyen de produire assez de vin pour suffire aux libations, quand il s'agira de t'immoler aux dieux. »

Moralité.

Il arrive souvent qu'en voulant nuire à quelqu'un, on lui est utile.

QUATRAIN XVI.

L'HOMME ET LA CHATTE SON ÉPOUSE[1].

Un homme emmena chez lui une Chatte dont il fit son épouse. Vénus assistait à la solennité des noces, lorsque la nouvelle mariée aperçut un rat, et, toujours fidèle à son instinct, se mit à le poursuivre à toutes jambes.

---

1. L'empereur Julien, dans une de ses lettres, la xxixe, parle de cette fable comme étant de Babrius, et il en cite même textuellement le premier vers.

Moralité.

Le naturel reste toujours le même.

QUATRAIN XVII.

LA GAZELLE QUI SE PLAINT DE LA FINESSE DE SES JAMBES.

Une Gazelle, en voyant son image dans l'eau d'une fontaine, blâmait la finesse de ses jambes et se complaisait dans la beauté de son bois; mais un lion s'étant mis à la poursuivre, elle se réconcilia avec ses jambes, et accabla d'injures son bois, qui n'était bon qu'à la faire prendre.

Moralité.

Il n'est pas rare de trouver du secours dans ce qu'on croyait nuisible.

QUATRAIN XVIII.

LE RENARD ET LE RAISIN.

Un Renard, voyant suspendue au haut d'une vigne une grappe de raisin, se mit à sauter en l'air; mais, après avoir essayé plus d'une fois de l'atteindre, il y renonça et se dit en lui-même : « Pourquoi tant de peine? Ces raisins ne sont vraiment que du verjus! »

Moralité.

A ceux qui font de nécessité vertu.

QUATRAIN XIX.

LE CORBEAU ET LE RENARD.

Un Corbeau tenait dans son bec un fromage; mais voici le piége que lui tendit un Renard : « Si tu avais de la voix, lui dit-il, tu serais le grand oiseau de Jupiter. » Le Corbeau alors lâcha aussitôt son fromage, et le Renard le mangea en disant : « Tu as tout pour toi, Corbeau, acquiers seulement un peu de raison. »

Moralité.

A ceux qui sont sensibles à la flatterie.

QUATRAIN XX.

LES GRENOUILLES ET LE SOLEIL.

Les Grenouilles se réjouissaient des noces du Soleil, lorsqu'une d'entre elles dit à ses compagnes : « O race insensée que la nôtre ! Nous craignons déjà les rayons d'un seul soleil; et, s'il vient à avoir des enfants, qui de nous pourra le supporter ? »

Moralité.

A ceux qui, par ignorance, se réjouissent de leur propre perte.

QUATRAIN XXI.

LA POULE QUI POND UN ŒUF D'OR ET L'AVARE.

Une Poule pondait chaque jour un œuf d'or ; un avare, trompé par sa cupidité, la tua pour prendre l'or qu'elle contenait : mais son fol espoir lui fit perdre ce don précieux de la fortune.

Moralité.

A ceux qui, cédant à l'appât du gain, courent à leur perte poussés par une basse avidité.

QUATRAIN XXII.

L'ASTROLOGUE ET LE VOYAGEUR.

En observant les astres, un astrologue se laissa par mégarde tomber dans un puits ; par hasard survint un voyageur qui, tandis que ce malheureux gémissait, lui dit : « Eh, quoi ! l'ami, toi qui t'appliquais à lire dans les astres, tu ne vois donc pas même sur la terre ? »

Moralité.

Que de gens ignorent le présent et se flattent de connaître l'avenir

QUATRAIN XXIII.

LE CHEVAL ET LE SANGLIER [1].

Un Cheval était en guerre avec un Sanglier des plus féroces ; se voyant tout à fait hors d'état de résister aux assauts d'un si terrible ennemi, il échangea sa liberté contre l'alliance d'un homme expérimenté qui l'aida à tuer la bête.

Moralité.

Il en est qui, pour assouvir leurs inimitiés, vont jusqu'à se jeter d'eux-mêmes dans l'esclavage.

QUATRAIN XXIV.

L'HOMME GRISONNANT ET SES DEUX MAITRESSES.

Un homme à cheveux gris avait deux maîtresses ; mais, comme il n'y avait entre elles aucun rapport ni d'âge ni de caractère, elles lui arrachaient, l'une les cheveux noirs, l'autre les blancs. A tel point qu'il fut bientôt chauve et qu'il devint un objet de risée pour tout le monde.

Moralité.

A ceux qui se jettent dans les deux extrêmes.

1. L'inventeur de cet apologue est le poëte lyrique Stésichore d'Himère, qui le composa pour détourner ses concitoyens de faire alliance avec le tyran Phalaris. Voy. Aristote, *Rhétorique*, II, XXII. — Horace a traité le même sujet dans une de ses Épîtres, la dixième du livre premier.

QUATRAIN XXV.

L'AIGLE ET LE GEAI.

Un Aigle s'abattit sur un agneau qu'il enleva dans ses serres. Témoin de cet exploit, un Geai en voulut faire autant sur un bélier ; mais le berger le prit et le donna à son fils qui disait : « Quel est donc cet oiseau? Selon moi, c'est bien un geai ; mais, selon lui, c'est un aigle. »

Moralité.

N'imitons pas ceux qui sont plus puissants que nous.

QUATRAIN XXVI.

LE GEAI ET LES AUTRES OISEAUX.

Paré d'un plumage étranger, un Geai se vantait de l'emporter en beauté sur tous les oiseaux; mais l'hirondelle lui ayant la première enlevé les plumes qu'elle lui avait données, et tous les autres après elle en ayant fait autant, il se trouva dès lors tout dépouillé.

Moralité.

La beauté d'emprunt n'est pas de durée.

QUATRAIN XXVII.

L'AIGLE ET LA FLÈCHE.

Blessé un jour d'une flèche à la poitrine, un Aigle ne

faisait que languir en proie à la douleur et versait un torrent de larmes ; mais en voyant que la flèche était empennée : « Hélas ! s'écria-t-il, moi qui porte des plumes, faut-il que je meure percé par une plume ! »

Moralité.

A ceux qui ont à souffrir des leurs.

QUATRAIN XXVIII.

LA GUERRE ENTRE LES QUADRUPÈDES ET LES OISEAUX, ET L'AUTRUCHE.

Une guerre générale s'était naturellement allumée entre les quadrupèdes et les oiseaux ; une Autruche de Libye fut faite prisonnière, mais voici comment elle abusa les deux partis : elle se disait tour à tour oiseau et bête fauve, et montrait en conséquence aux oiseaux sa tête, aux quadrupèdes ses pieds.

Moralité.

Cette fable s'adresse à ceux qui servent deux maîtres et qui les trompent tous les deux.

QUATRAIN XXIX.

L'HIRONDELLE ET LE PRÉTOIRE.

Une Hirondelle avait bâti son nid à la voûte d'un prétoire ; un serpent fit périr sa couvée : « O sort déplora-

ble ! s'écria-t-elle ; faut-il que, dans le lieu même où se
rend la justice, moi seule je sois offensée ! »

Moralité.

A ceux qui sont maltraités par les gens de bien.

QUATRAIN XXX.

LES TROIS BŒUFS D'ACCORD, PUIS EN MÉSINTELLIGENCE, ET LE LION.

Trois Bœufs paissaient ensemble dans un accord parfait : le terrible Lion lui-même avait vu plus d'une fois
échouer ses attaques contre eux ; mais, étant parvenu à
les diviser en excitant parmi eux la discorde et la
guerre, il les dévora l'un après l'autre aussi aisément
que s'il n'eût eu affaire qu'à un seul.

Moralité.

Aux amis qui trouvent leur perte dans leur désu-
nion.

QUATRAIN XXXI.

LE LABOUREUR ET LA CIGOGNE.

Un laboureur tendit des lacets à une bande de grues ;
parmi elles se trouva prise une Cigogne, qui se livrait
à une amère douleur : « Tu es mon amie, j'en con-
viens, lui dit alors le laboureur ; mais tu es tombée dans
le piége en compagnie de méchants. »

Moralité.

A un ami qui s'unit aux ennemis de son ami.

QUATRAIN XXXII.

LE CHIEN ET SON IMAGE QUI SE RÉFLÉCHIT DANS L'EAU.

Tandis que, le long d'un fleuve, un Chien portait de la viande, il se pencha et en aperçut dans l'eau un autre morceau. Ouvrant alors la gueule pour saisir cette nouvelle proie qui était au-dessous de lui, il se vit privé même de celle qu'il possédait.

Moralité.

Qui veut tout n'a rien.

QUATRAIN XXXIII.

L'ANE, LE SEL ET LES ÉPONGES.

Un Ane chargé de sel passait à gué un fleuve ; il se laissa choir par mégarde, et se sentit bientôt allégé de son fardeau. Un autre jour, qu'il était aussi très-lourdement chargé, mais d'éponges, il se laissa tomber à dessein, et périt misérablement étouffé dans les eaux.

Moralité.

L'espoir d'un gain n'a souvent d'autre résultat qu'un dommage.

QUATRAIN XXXIV.

LE CHAMEAU ET JUPITER.

Le Chameau bossu demandait des cornes à Jupiter ;
ce dieu se moqua de sa témérité, car il lui raccourcit
les oreilles et la tête pour faire de lui le plus laid des
animaux.

Moralité.

Il ne faut adresser au ciel que des vœux raison-
nables.

QUATRAIN XXXV.

LE LOUP ET L'AGNEAU.

Le Loup, un jour, dit à l'Agneau : « N'est-ce pas toi
qui naguère troublais mon eau ?— Moi ? je ne fais que
de sortir du sein de ma mère, et je ne sais ni quand ni
comment j'aurais pu troubler votre eau. — A tort ou
à raison, dit le Loup, tu me serviras de pâture. »

Moralité.

A ceux qui sans pudeur et sans remords commet-
tent l'injustice.

QUATRAIN XXXVI.

LE CHASSEUR FANFARON ET LE BERGER.

Un chasseur d'un courage équivoque dit à un berger :

« Si tu as vu quelque part les traces du lion, dis-le-moi. — Je vous montrerai tout près d'ici le lion lui-même, si vous le souhaitez, répondit le berger. — Non, seulement la trace, repartit le chasseur ; je n'en demande pas davantage. »

Moralité.

Aux hommes qui sont braves en paroles et lâches dans l'action.

QUATRAIN XXXVII.

LE CAVALIER ET LE PAYSAN.

Un cavalier pria un paysan de lui céder un lièvre ; quand il le tint dans ses mains, il demanda : « Combien ce lièvre ? » et en disant ces mots il lança son cheval au galop. Le paysan lui dit alors : « Ne vous pressez pas tant, je vous en fais cadeau. »

Moralité.

A ceux qui forcément renoncent à leurs intérêts.

QUATRAIN XXXVIII.

LE LOUP ET L'ANE.

Un Ane avait un clou planté dans le pied ; un Loup le lui retira avec les dents ; mais, comme il demandait son salaire, il reçut une ruade sur la mâchoire. « Ah ! s'écria-t-il alors, comment de cuisinier que j'étais autrefois me suis-je fait méchant médecin ? »

Moralité.

A ceux qui abandonnent le métier qui leur convient et qui, pour leur malheur, en embrassent un autre.

QUATRAIN XXXIX.

LE LOUP ET LA GRUE.

Un os s'était enfoncé dans le gosier d'un Loup ; sur la promesse d'un salaire, une Grue le lui retira ; mais, comme elle demandait le prix de ses peines : « Eh ! quoi, lui dit-il, retirer sain et sauf son cou de la gueule du loup, n'est-ce pas là une assez belle récompense ?

Moralité.

A ceux qui font des entreprises périlleuses, et qui demandent ensuite le salaire convenu.

QUATRAIN XL.

LE TAUREAU ET LE BOUC.

Un Bouc repoussait de son étable un Taureau qui se dérobait aux cruelles poursuites d'un lion. « Ah ! lui dit alors le Taureau en soupirant, si ce n'était l'aspect terrible du lion qui me glace d'épouvante, tu ne tarderais pas à apprendre ce qu'est la force d'un bouc comparée à celle d'un taureau ! »

Moralité.

A ceux qui, par crainte des grands, supportent l'insulte des petits.

QUATRAIN XLI.

LA FOURMI ET LA CIGALE.

Au cœur de l'hiver, une Cigale demandait à une Fourmi de quoi vivre. « Que faisiez-vous donc en été? lui dit alors la Fourmi.—En été, je chantais de toutes mes forces, répondit-elle. — Eh bien, dansez pendant l'hiver, et passez-vous de nourriture. »

Moralité.

A ceux qui ne veulent pas travailler dans leur jeunesse et qui, devenus vieux, sont réduits à la misère.

QUATRAIN XLII.

LE SERPENT ET LE LABOUREUR.

Un laboureur réchauffait, en hiver, un serpent dans son sein ; mais, dès que le reptile eut senti la chaleur, il blessa l'homme qui l'avait réchauffé, et le fit périr aussitôt.

Moralité.

C'est ainsi que les méchants traitent leurs bienfaiteurs.

FIN.

TABLE ALPHABÉTIQUE

DES QUATRAINS DE GABRIAS

TRADUITS EN FRANÇAIS.

L'Aigle et la Flèche....... Page 12
L'Aigle et le Geai.............. 12
L'Ane portant une Idole........ 3
L'Ane vêtu de la peau du Lion... 6
L'Ane, le sel et les éponges... 15
L'Astrologue et le Voyageur.... 10
La Biche et la Vigne........... 5
Le Bouc et la vigne............ 7
Le Cavalier et le Paysan....... 17
Le Chameau et Jupiter........ 16
Le Chasseur fanfaron et le Berger. 16
Le Cheval et le Sanglier........ 11
Le Chien et son image qui se réfléchit dans l'eau............. 15
Le Corbeau et le Renard....... 9
L'Enfant qui mange des boyaux.. 3
L'Enfant et le Scorpion........ 5
La Fourmi et la Cigale........ 19
La Gazelle et le Lion courroucé.. 2
La Gazelle qui se plaint de la finesse de ses jambes.......... 8
Le Geai et les autres oiseaux.... 12
Les Grenouilles et le Soleil...... 9
La guerre entre les quadrupèdes et les oiseaux, et l'Autruche... 13

L'Hirondelle et le Prétoire. Page 13
L'Homme et le Lion de pierre... 1
L'Homme et la Chatte, son épouse..................... 7
L'Homme grisonnant et ses deux maîtresses................. 11
Le Laboureur et la Cigogne..... 14
Le Lion qui dort et le Rat...... 1
Le Lion, le Sanglier et les Vautours................. 2
Le Lion, l'Ane et le Renard..... 2
Le Loup et l'Agneau........... 16
Le Loup et l'Ane............. 17
Le Loup et la Grue........... 18
Le Moucheron et le Taureau.... 4
Le Porc et le Rat.............. 6
La Poule qui pond un œuf d'or et l'Avare.................... 10
Le Renard et le Buisson........ 4
Le Renard et le Raisin......... 8
Le Serpent et le Laboureur...... 5
Le Serpent et le Laboureur..... 19
Le Taureau et le Bouc.......... 18
Les trois Bœufs d'accord, puis en mésintelligence, et le Lion... 14

Imprimerie de Ch. Lahure (ancienne maison Crapelet)
rue de Vaugirard, 9, près de l'Odéon.

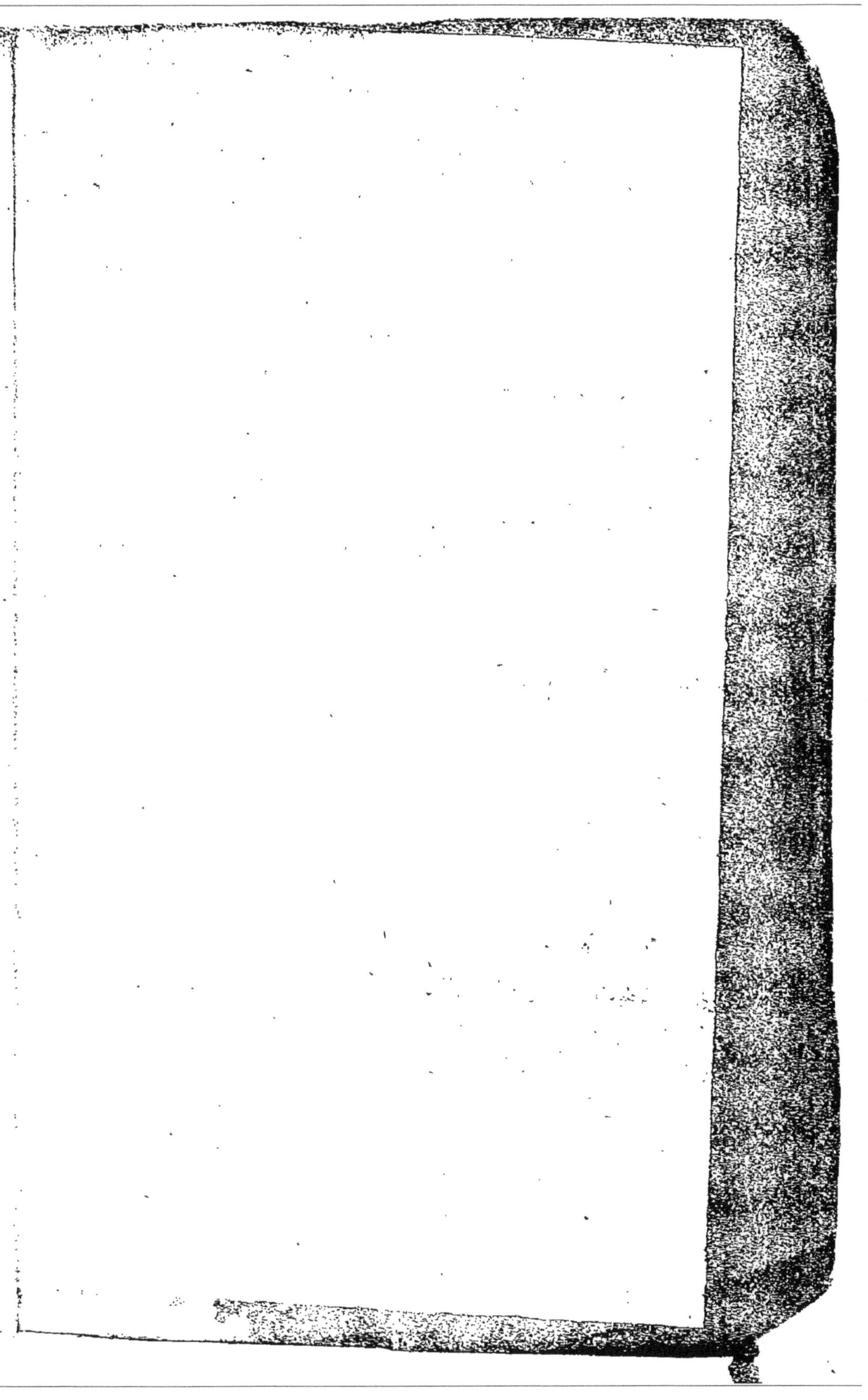

TRADUCTIONS FRANÇAISES
DES PRINCIPAUX AUTEURS CLASSIQUES LATINS
AVEC LE TEXTE EN REGARD ET DES NOTES,
Par une société de professeurs et de latinistes.
FORMAT IN-12.

Cette collection comprendra les principaux auteurs qu'on explique dans les classes.

EN VENTE AU 1er JUILLET 1853 :

CICÉRON : *Les Catilinaires.* Traduction nouvelle de M. J. Thibault, ancien élève de l'École normale. Prix, broché .... 1 fr. 50 c.
— *Dialogue sur l'Amitié.* Traduction nouvelle de M. A. Legouez, agrégé de grammaire. Prix, broché .... 1 fr. 25 c.
— *Dialogue sur la Vieillesse.* Traduction nouvelle de M. Parel, professeur au collège Rollin, et de M. Legouez. Prix, broché .... 1 fr. 25 c.
— *Discours contre Verrès sur les Statues.* Traduction de P. C. B. Gueroult, annotée par M. J. Thibault. Prix, broché .... 2 fr.
— *Discours contre Verrès sur les Supplices.* Traduction de P. C. B. Gueroult, annotée par M. O. Dupont. Prix, broché .... 2 fr.
— *Discours pour Ligarius.* Traduction de P. C. B. Gueroult, annotée par M. Materne, inspecteur de l'Académie de Seine-et-Oise .... 50 c.
— *Discours pour Marcellus.* Traduction de P. C. B. Gueroult, annotée par M. Materne .... 50 c.
— *Discours pour la loi Manilia.* Traduction nouvelle de M. Lepage, professeur au lycée Charlemagne .... 1 fr.
— *Plaidoyer pour Archias.* Traduction nouvelle de M. Chassotte, professeur au lycée d'Alger .... 90 c.
— *Plaidoyer pour Milon.* Traduction de P. C. B. Gueroult, annotée par M. Sommer, agrégé des classes supérieures des lettres. Prix .... 1 fr. 50 c.
— *Plaidoyer pour Muréna.* Traduction nouvelle de M. J. Thibault .... 1 fr. 50 c.
— *Songe de Scipion.* Traduction nouvelle de M. Ch. Polin. Prix .... 50 c.
HORACE : *Art poétique.* Traduction nouvelle de M. Em. Taillefert, professeur au lycée de Vendôme. Prix .... 75 c.
— *Épîtres.* Traduction nouvelle du même auteur .... 2 fr.
— *Odes et Épodes.* Traduction nouvelle de M. Aug. Desportes .... 3 fr.
— *Satires.* Traduction nouvelle du même auteur .... 2 fr.
LHOMOND : *Epitome historiæ sacræ.* Traduction nouvelle .... 1 fr. 50 c.
PHÈDRE : *Fables.* Traduction nouvelle de M. D. Marie, ancien élève de l'École normale. Prix, broché .... 2 fr.
SALLUSTE : *Catilina et Jugurtha.* Traduction nouvelle de M. Greisel, professeur au lycée Saint-Louis. Prix .... 1 fr. 50 c.
TACITE : *Annales, livre 1er.* Traduction de Dureau de La Malle, revue et annotée par M. Materne, inspecteur de l'Académie de Seine-et-Oise .... 1 fr. 25 c.
— *La Germanie.* Traduction de M. Burnouf, licencié ès lettres .... 1 fr.
— *Vie d'Agricola.* Traduction de Dureau de La Malle, annotée par M. H. Nepveu. Prix .... 1 fr.
TÉRENCE : *Andrienne.* Traduction de Lemonnier, revue et annotée par M. Materne. Prix .... 2 fr.
VIRGILE : *Les Bucoliques et les Géorgiques.* Traduction nouvelle de M. Aug. Desportes. Prix .... 3 fr.
— *Énéide.* Traduction nouvelle du même auteur. 2 volumes .... 5 fr.

Imprimerie de Ch. Lahure (ancienne maison Crapelet), rue de Vaugirard, 9, près de l'Odéon.

www.ingramcontent.com/pod-product-compliance
Ingram Content Group UK Ltd.
Pitfield, Milton Keynes, MK11 3LW, UK
UKHW022206070726
13613UKWH00003B/1499